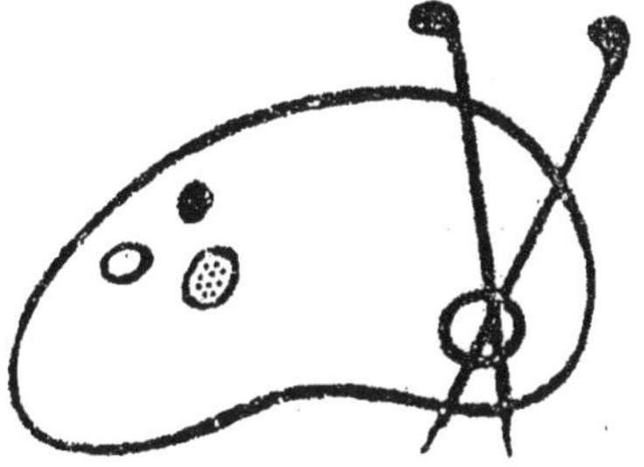

AF475679

LE NOM "MANNO"

LETTRE

DU DR J. VON PFLUGK-HARTTUNG

À

M^r le Baron ANTONIO MANNO

TURIN
IMPRIMERIE ROYALE DE J. B. PARAVIA ET C.
M DCCC LXXXIII

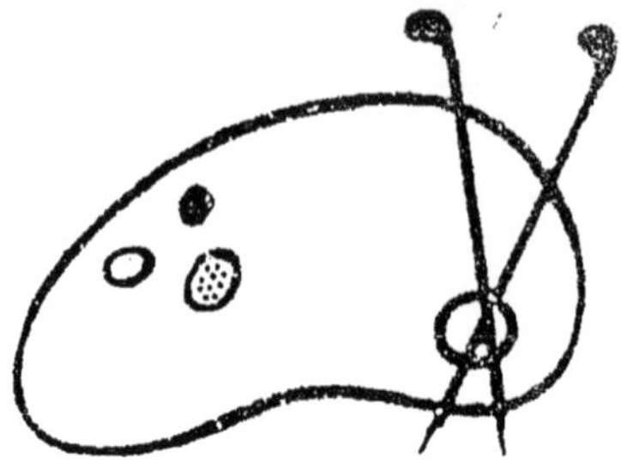

Fin d'une série de documents
en couleur

LE NOM "MANNO"

LETTRE

DU DR J. VON PFLUGK-HARTTUNG

À

M^r^ le Baron ANTONIO MANNO

TURIN
IMPRIMERIE ROYALE DE J. B. PARAVIA ET C.
M DCCC LXXXIII

Extrait des *Atti della R. Accademia delle Scienze di Torino*. Vol. XIX.
Séance du 9 Décembre 1883

Dans la séance du 9 Décembre 1883 de la Classe des Sciences morales, historiques et philologiques de l'Académie Royale des Sciences de Turin, M[r] le Baron Antonio Manno fit cette présentation à ses Collégues:

Messieurs !

J'ai reçu de M[r] le Chevalier Julius de Pflugk-Harttung de l'Université de Tubingue une lettre, dans laquelle il a réuni avec beaucoup d'érudition plusieurs témoignages sur l'origine et la diffusion tant patronymique que géographique du nom Manno. Ses preuves sont toutes tirées des documents du moyen-âge; matériel scientifique qui est bien familier à l'auteur des deux ouvrages si précieux pour l'Italie: les *Acta Pontificum Romanorum inedita* et l'*Iter Italicum*.

Comme il s'agit d'une dissertation savante et curieuse et nullement subjective ni généalogique, je la crois bien digne de figurer dans vos Atti, et j'ai l'honneur de vous l'offrir tout simplement et sans autre préambule.

LE NOM "MANNO"

Tubingue, le 28 Octobre 1883.

Cher ami,

On s'intéresse d'habitude à ses amis et aux choses qui les touchent de près. Ayant eu le bonheur de gagner votre amitié, j'ai ressenti infiniment de plaisir, rencontrant votre nom dans de vieux manuscrits. Je fis quelques recherches et voici le résultat qui est bien loin d'être complet et qui ne peut pas prétendre à une valeur scientifique.

Le nom de MANNO est d'origine allemande et c'est un des plus anciens que nous connaissions, car Tacite en fait mention dans sa *Germania* c. 2, sous la forme de *Mannus*. Vers la fin du moyen-âge il semble être devenu parfois une abréviation d'*Armanno;* il n'a rien de commun avec l'expression sémitique « Manna » (la « man » du désert).

Le mot germanique qui renferme la racine « man » signifie: « avoir conscience, réfléchir ». Sanscrit: « manu, manus, mânusha»; ancien norvégien: « madr »; suédois: « man »; danois: « mand »; ancien saxon et frison: « man, mon »; bas-allemand, flamand et anglais: « man », la même forme en ancien haut-allemand et moyen haut-allemand. Il désigne en première ligne l'homme, sans avoir égard à son sexe *(homo)*, mais bientôt après on l'employa pour homme *(vir)*. (Cf. GRIMM, *Deutsches Wörterbuch*, VI, p. 1569).

De même que nous l'avons trouvé dans Tacite, nous voyons cette racine au IVe siècle dans « lagirman », elle se rencontre plus fréquemment au VIIe siècle, surtout comme terminaison du mot, elle est plus rare au commencement. Dans ce cas elle ne dérive pas toujours de « man » *(vir)*, mais de mâno *(la lune)*. Devant les désinences on trouve la forme de « manu » et de

« man ». Dans les composés on ne peut pas toujours affirmer, si le mot dérive de « man » *(vir)* ou « manus » *(la main)*.

Si nous prenons ce nom comme nom de personne, l'époque la plus reculée est probablement l'année 739. Il a été porté par un prince de l'église sur les bords du Rhin: « Manno, episcopus Nove civitatis (JAFFÉ, *Bibl. Rer. Germ.* III, p. 457); en l'année 785 un diacre Manno a soussigné un diplôme de St.-Gall *(Wirtemb. Urkundenb.* I, p. 28); au huitième siècle nous trouvons aussi ce nom aux environs de Frising en Bavière (MECHELBECK, *Hist. Fris. N.* 6), en 814 dans une charte de Fulda (SCHANNAT, *Corp. Trad. Fuld.* a. 814), en 843 dans les Annales de S. Maximin de Trèves *(Mon. Germ. SS.* II, p. 213, IV, p. 6). De même dans les temps Carlovingiens on le rencontre dans le *Codex traditionum* de Lorsch près de Mayence *(Cod. Laur.* I, p. 501); en 922 chez Lupi *(Cod. Dipl. Bergom.* II, p. 126); en 933 chez Wartmann (*Urkundenbuch von S. Gallen.* III, p. 12); en 952 une autre fois à Lorsch (*Cod. Laur.*, I, p. 551); en 975 nous avons un « Mano corepiscopus » dans les *Casus S. Galli (Mon. Germ. SS.* II, pag. 136), dans le dixième siècle nous avons puis le nom parfois aux environs de Salzbourg (KARAJAN, *Verbrüderungsbuch von S. Peter zu Salzburg)*, aussi dans le décret de Tassilo, duc de Bavière, et dans le nécrologe de Reichenau près du lac de Constance. Dans la première moitié du onzième siècle il est à la ville de Worms sur les bords du Rhin *(Iter Italicum*, p. 722); en 1063 à Monte Cassino *(Mon. Germ.* VII, p. 712), puis quelques fois en Ost-Frise *(Ostfries. Urkb.* I, 1178, 992). Plus tard il se retrouve souvent en Italie, surtout en Umbrie; un Manno della Branca de Gubbio a été podestà d'Orvieto en 1301-1302, de Luna 1304, de Siena 1305, etc.; un Manno de Conrado Monaldeschi a été podestà de Gubbio en 1304 (charte aux archives d'Orvieto). Au commencement du quinzième siècle il y a Manno Donati à Vérone (MURATORI, SS. XVII, 885), etc.

La racine « man » comme nom de personne se rencontre en 732, vraisemblablement pour un Anglosaxon (JAFFÉ, *Bibl.* III, p. 110).

Il existe aussi souvent des formes secondaires du nom. Le « Manno » de Worms est écrit une fois « Nanno » *(Neues Archiv. f. ält. d. Gesch.* III, p. 333). En Ost-Frise nous avons douze fois « Mammo », deux fois « Manne » dans le premier volume d'*Ostfriesisches Urkundenbuch*, dans le second volume aussi souvent

« Mammo », puis « Manne » et « Manso ». Un « Mammo » a été duc des Gothes (BOUQUET, *Recueil*, II, p. 14), un « Henricus Mammo » se retrouve en 1185 en Würtemberg (*Wirt. Urkb.* II, p. 238 [1]) un « Manni » en 786 en Suabe (NEUGART, *Cod. Dipl. Alam.*), la même forme plusieurs fois chez Freckenhorster Heberolle, de même « Meni ». Hyacintus Mannius est personne connue (cf. MURATORI, *SS.* XII, 527, XV, 641, XVI, 4), Eliseus de la Manna (MUR. *SS.* XXV, 445), un Chunradus Mannel en 1200 en Bavière (*Mon. Boica*, IV, 257), ibidem Ortliebus Mannez (*M. B.* XI, 509). Dans le testament d'Ermentrudis se retrouve le génitif « Mannanis », le datif « Mannani », l'ablatif « Mannane ». — Dans le huitième siècle près de Lorsch la forme de Manold (*Cod. Laur.* N. 1606, 1643), en 760 celle de Manolt (DRONKE, (*Codex Dipl. Fuldens.* a. 760), aussi en 811 (SCHANNAT. *Trad.* a. 811) et en 824 (SCHANNAT. *Necrol. Fuld.* a. 824), Mannon et De Mannon dans Bouquet (*Rec.* XX, 926, XXIII, 1027), Manfo en 760 (*Wirt. Urkb.* I, 407), Manto en 788 (SCHANNAT. *Trad.* a. 788) où on lit aussi « Matto » et « Macco »; en 84 Manto (*Dronke* a. 841), Mancio comes consobrinus Waifarii (BOUQUET, *Rec.* V, 6, 339), Mancio missus Caroli Calvi (BOUQ. VII, 355), le même comme diacre et notaire de Charles le Chauve (BOUQ. VIII, 610, 616, 659). Dans le dixième siècle un Mantio, Mancio est évêque de Châlons-sur-Marne, dans le huitième un Mantico évêque de Braga en Portugal. « Mantio » se rencontre aussi dans l'histoire des anciens évêques de Cambrai (*M. G.* IX, 424), Mancio dans les annales de Metz (*M. G.* I, 334), en 869 chez Mabillon *De re dipl.*, en 900 chez Frédégar au concile de Reims. La forme de Manso se trouve souvent au neuvième et dixième siècle pour les comtes et ducs d'Amalfi (*M. G.* III, 211, 513, 558; MUR. *Antq.* I, 210); à la fin du dixième siècle un Manso a été abbé de Monte Cassino (*M. G.* III, 69, 172, VI, 638, VII, 577, etc.), la même forme nous avons chez l'annalista Saxo (*M. G.* VIII, 636), en 761 en Alsace (SCHÖPFLIN, *Alsat. Dipl.* a. 761), un « De Manso » chez Muratori (*SS.* V, 371), un « Mampo » dans les *Mon. Germ. SS.* VII, 769. Un Mabbo a été évêque anglais (BOUQ. XII, 792). Pour une femme il y a la forme Mannia (BOUQ. IX, 664), etc.

Poursuivre d'avantage les formes dérivées serait un travail qui

(1) Testes: Eberhardus cantor, Emicho, Hartungus, Heinricus, Mammo.

nous mènerait trop loin. Nous les voyons dans Manolus (MUR. *SS.* XXIII, 970), Mangonus (MUR. *SS.* XVIII, 300), Mangone (MUR. XIII, 31, XIII, 82), Guazolus de Manionibus (*Mur.* XVIII, 202), Managolt, Manegoldus etc., nom de personne très-commun au moyen-âge depuis le huitième siècle; Manniko, Mannecho (*Cod. Laur.* N. 3817), Manneto (GOLDAST, *Rer. Alam. SS.* a 104), Mannila (MS. C. 6, Cassiod. v 5), Manninga douze fois dans l'*Ostfriesisches Urkundenbuch* I, Maniko souvent, ibidem II, Mannana trois fois, ibidem I, Manili (Karajan *S. Peter*), Manowaldus (*Wirt. Urkb.* I, 133), Manechildis (BOUQ. XVIII, 679, 682, etc.), Manerius abbas Salmuriensis (*M. G.* VI 525), Manerius abbas Montis S. Michaelis (*M. G.* VI, 508), Mongilus Britto (*M. G.* II, 302), Mancillinus (*M. G.* V, 117), etc.

On a depuis donné le nom des personnes à des lieux, ainsi nous devons appliquer nos recherches aussi à des noms des lieux, car c'est là que nous l'y retrouvons le plus souvent.

Au moyen-âge nous avons un village « Mano » et un Melin de Manow (lisez Manno) en Silésie (*Script. Siles.* VI, 130; *Urkb. v. Liegnitz* 427, 428), très-signifiante est la forme Mannonis cortis (*Mon. G. SS.* IV, 502, FÖRSTEMANN, *Namenbuch*, I, 902), Mannonis curtis, Manoncourt en Lorraine (BOUQ. IX, 372, 381, 391, 526), le même village est nommé: Manmonis (Mamnonis?) et *Mammonis curtis* (BOUQ. VIII, 341, 621, IX, 341), Manucurt chez Etrun (*Acta Pont. Rom.* I, 166), Manucella (*M. G.* II, 311), Mannonis fontana chez Malbonpré (LEIBNITZ *Coll.* 479), Mamonis villa pas loin d'Orléans (BOUQ. X, 586), Manoco (BOUQ. XX, 900), Manopolis pour Monopoli en Italie du Sud (*M. G.* VI, 775). En Autriche: Manoltsperge (*Arch. Oestr.* LIII, 276), en Bavière: Manolteshein (*Mon. Boica* I, 40), Manolteshusen, Manolzhausen (*M. B.* VII, 44, X, 146), Manoltesheim (*M. B.* I, 40). Sur le fleuve du Mein Manolfingen (*Aerh.* VI, 509); en possession du monastère de Lorsch; Manolfingen, Manolvingen (*Cod. Laur.* 3621, 3447); pas loin de Lorsch: Manoldescella, Mangoldszell (*M. G.* XXI, 348); en Lauenbourg: Manowe (*Mekl. Urkb.* IV, 48), en Italie: Mammole (WINKELMANN, *Acta* I, 22); en Würtemberg: Maionis cella (*Wirt. Urkb.* I, 82).

Manazetus, villa in pago Narbonensi (BOUQ. VIII, 483), Manaricium, Mauritz (BOUQ. I, 106), Mannavilla auprès de Rouen (BOUQ. VIII, 651), Manauco, ecclesia in pago Lemovicino (*M. G.* IV, 126).

Mannedal auprès de Bingen sur le Rhin depuis l'an 962 (HONTHEIM, *Hist. Trev.* N. 173), Mannesfeld à l'Harz, depuis c. 1000, Mannecelle en Würtemberg (*M. G.* XXIV, 652), Mannefort sur le Rhin, Manneberg chez le val Obersimmen, détruit en 1349 (JUSTIGER, *Chron.* 112), Mannersdorf en Autriche auprès de Herzogenbusch, depuis 1160, Mannerstaetten en Autriche, depuis 1130, Manencurtis pas loin de Noyon (BOUQ. IX, 654), Manehost, S. Menehould (BOUQ. XX, 254, etc.), Manencuria, Manancourt dep. Somme (BOUQ. XXIII, 677), Maneovallis, Menouval, Seine-Inf. (BOUQ. XXIII 641), Manerium, près de Rouen (BOUQ. XXIII, 248), Manerium, Eure et Calvados (BOUQ. XXIII, 612), Maneval, Menneval, Eure (BOUQ. XXIII, 617), Mannevilla, Seine-Inf. et Manche (BOUQ. XXIII, 253, 611, 634, 640), Mannes en Lorraine (*Acta Pont. Rom.* I, 427), Mannenbach en Würtemberg (*Wirt. Urkb.* II, 50), Manegondo en Italie (WINKELMANN *Acta* I, 831) etc.

Gisulf de Mannia (WINKELMANN, *Acta* I, 684), Manniacus, fiscus in diœcesi Moguntina (BOUQ, VI, 371), Manniacus, villa ecclesie Remensis (BOUQ. VIII, 156), Manniacus, villa in pago Blesensi (BOUQ. X, 559), Maniacum près de Limoges (*Acta Pont. Rom.* I, 427), Maniacum, Maniace près de Randazzo (WINKEL. *Acta* I 91, 206), Maniacum, Magniacum (BOUQ. XXIII, 322), Manica (BOUQ. XXIII, 653), Manilineshusen en Würtemberg (*Wirt. Urkb.* I, 378), Mannidorf en Suisse (*Acta P. R.* I. III), Mannindorf en Würtemberg (*W. U.* I, 218), Manninesdorf aussi en Würtemberg (*W. U.* II, 167), Manitilium, ecclesia Vindocinensis monasterii (BOUQ. XIV, 88), Mannisi (*Trad. Wizenb.* N. 2056), Manin près de Etrun (*Acta P. R.* I, 965), Manning en Bavière (*Oester. Arch.* LIII, 274), etc.

Mannunheim auprès de Cologne, depuis l'an 898, Manucum, Namucum en Belgique, Namur (BOUQ. XI, 416), Manuasca, Manosque (MABILLON, *Annal.* IV, 215, 216), Manuncella, Manducella en Würtemberg (*W. U.* I, 75, 82), Manua villa en Normandie (*Acta P. R.* I, 76), Manuicz, Manewic en Saxe (*Cod. Dipl. Sax.* V, 331), Manuplellum, Manupello (*M. G.* VII, 619), etc.

Manciacum, villa monasterii Trenorcensis (BOUQ. XI, 600), Maduncella (*M. G.*, I, 206), Mandoniensis episcopus (MABILLON. *Ann.* VI, 562), Mansiacum en France (*Acta Pont. Rom.* I, 37). Mansotecelium chez Troyes (*A. P. R.* I, 210), etc. etc.

L'observation que le nom « Manno » et ses formes dérivés se trouvent presque partout au moyen-âge est confirmée par des noms modernes de lieux qui remontent souvent à une époque bien reculée.

En Italie nous rencontrons un lieu au nom de Manno auprès de Lugano, Manno et Visiago en l'Emilie, un promontoire Manno en Sicile, un fleuve Mannu en Sardaigne, un lieu Mango près d'Alba, Mannone en Sardaigne, Mangona en Toscane, Mangone dans le Napolitain, Mannolajo en Toscane, Mannozzi aussi en Toscane, Le Manon en Savoie et au pays d'Aoste, deux Manoppello dans les Abruzzes. Nous renonçons à poursuivre les traces nombreuses des noms en Manc, Mand, Mang, Mani, Mane, etc.

En Espagne nous avons un Mandeo, un Mangoño, un Manidie, un Mandia, un Mane et un Manga aux environs de Coruña, un Mangon chez Oviedo, un Manicas chez Almeria, un Manol chez Gerona. En France un Mano Dép. Landes, un Manon Dép. Moselle, un Le Manon Dép. Jura, un Manot Dép. Charente, Manou en Eure-et-Loire, Ménou en Nièvre, Menoux en Indre, Haute-Saône et Allier, Manoncourt plusieures fois en Meurthe (cf. Manonis curt.), Manonville et Manonvillier aussi en Meurthe, Ménouville en Seine-et-Oise, Meouille en Jura, Manois en Haute-Marne, Ménonval en Seine-Inf., etc.

En Allemagne et en Suisse la voyelle « ô » a généralement été éliminée; par exemple: en Mannhof, Mannheim, Mannholz, Manntenfel, etc. Un Manno se retrouve en Suisse, canton de Tessin, un Manow (lisez Mano) en Prusse chez Cöslin, un Manovice en Galicie, un Mannowitz en Saxe. — Aussi une île dans l'océan est nommée Manono; l'île de Man entre l'Irlande et la Grande Brétagne est connue.

Voici notre résultat, si nous négligeons une quantité de composés et de dérivés comme n'appartenant pas à notre mot. Le nom « Manno » est très-ancien et d'origine allemande, on le rencontre le plus fréquemment sur les deux bords du Rhin supérieur et surtout en Lorraine, mais alors sous la forme de Mannoncourt, il s'est répandu par toute l'Europe dans l'étendue des pays parcourus par les armées et les peuples Germaniques, c'est-à-dire que le nom se retrouve le plus souvent en Italie, comme étant le pays où s'est porté le plus grand nombre d'Allemands et principalement d'Allemands du Sud.

Agréez, cher ami, l'assurance de mon dévouement et de ma respectueuse affection.

JULES DE PFLUGK-HARTTUNG.

ESTRATTO DAGLI ATTI

DELLA

R. ACCADEMIA DELLE SCIENZE DI TORINO

Vol. XX

Seduta 23 Novembre 1884

della

CLASSE DI SCIENZE STORICHE, MORALI E FILOLOGICHE

Il Socio Antonio Manno fra altri libri presenta in omaggio alla Classe, in nome dell'Autore Dott. Giulio von Pflugk-Harttung della Università di Tubinga, quello intitolato: *Perikles als Feldherr* (Stuttgart, W. Kohlhaumer, 1884, 8°, IX-143 pp.). Il Socio Ermanno Ferrero discorre del valore scientifico di questa pubblicazione, ed allora il Socio Manno comunica alla Classe alcune informazioni sulla stessa opera scrittegli in lettera da Napoli del 6 novembre 1884 dal Professore Adolfo Holm di quell'Università; informazioni che la Classe delibera si inseriscano in questi *Atti*.

L'autore di questo scritto si occupa specialmente di storia medioevale, come lo provano il suo *Iter italicum* ed i suoi *Acta Pontificum romanorum:* ma questa volta ritornò agli studi di antichità classica, giammai da lui stati interamente trascurati.

La questione trattata dal professore di storia nell'Università di Tubinga è interessante, imperocchè fu Pericle che incominciò la guerra del Peloponneso e ne ideò la condotta. Il professore von Pflugk segue Pericle nella sua carriera di generale, espone le vicende delle fazioni da lui dirette e cerca di stabilire un giudizio definitivo sui talenti militari del celebre demagogo ateniese, giudizio che non riesce favorevole al protagonista. Pericle fu di quei generali che non danno battaglia senza sicurezza di vittoria. Fu un *Fabius cunctator* colla differenza però che il romano salvò la propria patria e l'ateniese la rovinò.

Il professore di Tubinga è severissimo nel giudicare il piano di guerra eseguito da Pericle nei primi anni della grande lotta con Lacedemone e le sue argomentazioni sono molto bene condotte. Pericle, che fu l'istigatore della guerra, poteva e doveva fare ciò che fecero tutti i buoni generali; prendere l'offensiva. Per contro aspettò che i Lacedemoni compiessero i loro preparativi e schivò poscia ogni incontro col nemico. Si disse che intento di Pericle fosse di stancare i nemici, mettendoli nella impossibilità di nuocere agli Ateniesi riparati dentro le mura della città e del Pireo, mentre che le flotte ateniesi saccheggiavano le coste del Peloponneso. Ma il nostro Autore replica che con questo sistema si sarebbero dovute condurre più vigorosamente le imprese ateniesi, costrurre fortilizi sul territorio nemico, procurare rifugi ai malcontenti, agli Iloti, ma di ciò fare Pericle non ebbe coraggio.

È mia opinione che questi appunti fatti dal ch. A. sono giusti ed è pur mia la credenza che Pericle, servendosi dei mezzi colossali che erano a disposizione di Atene, doveva fare meglio. Però qui ci sta un'osservazione, che non si può dimostrare perfettamente la verità di questo assunto perchè la prova del piano non fu completa.

Allorquando continuava la guerra nel modo con che fu iniziata da Pericle, scoppiò la peste in Atene. Se prima gli Ateniesi avevano agito con poca energia, allora tutto andò male e privarono Pericle del suo comando. A dir vero essi lo rielessero a generale, ma le forze di Pericle erano affrante, languiva del corpo e poco tempo dopo morì. Chi può dire che se Pericle avesse continuato a governare Atene ed a condurre la guerra colla stessa timidità, i Lacedemoni non se ne sarebbero realmente stancati, o se non i Lacedemoni stessi almeno i loro alleati; ed allora gli Ateniesi avrebbero potuto prevalere e rimanere vincitori. Questo sarebbe da opporre per combattere le conclusioni dell'Autore; ma egli potrebbe rispondere a sua volta: sia pure che i nemici di Atene si sarebbero stancati, sia pure che ciò avrebbe condotto ad una specie di vittoria per gli Ateniesi; ma questa non sarebbe mai stata vittoria completa e definitiva. Per tale modo non si giungeva a distrurre Sparta e Sparta rimaneva tuttavia una formidabile minaccia per Atene ed un pericolo continuo di nuova guerra. Se il piano di Pericle fosse riuscito, non si finiva per ottenere che una tregua.

Io insomma ritengo che il professore di Tubinga abbia con questa sua eloquente ed erudita memoria provato il suo assunto; cioè che Pericle non fu un buon generale.

Forse avrebbe dovuto aggiungere che Pericle non fu neppure un grand'uomo di Stato. Che il piano di guerra da lui ideato ed eseguito non era vera opera da generale, non era un disegno militare ma piuttosto un concepimento politico, che Pericle insomma agì e peccò più come uomo di Stato che come generale. E sembra che anche il Prof. von Pflugk propenda per questo giudizio.

La gloria di Pericle sta nell'avere condotto gli Ateniesi a mostrarsi superiori a tutti per la loro coltura ed animarli a produrre opere d'arte immortali. Ed è in questo senso che si parla del secolo di Pericle. Ma come politico e come generale non può essere annoverato fra gli eccellenti.

Il libro del professore von Pflugk si raccomanda eziandio per le ricerche particolari che contiene e per lo stile chiaro ed elegante col quale seppe vestire le sue erudite indagini.

ADOLFO HOLM.

TORINO, STAMPERIA REALE
di G. B. Paravia e C.

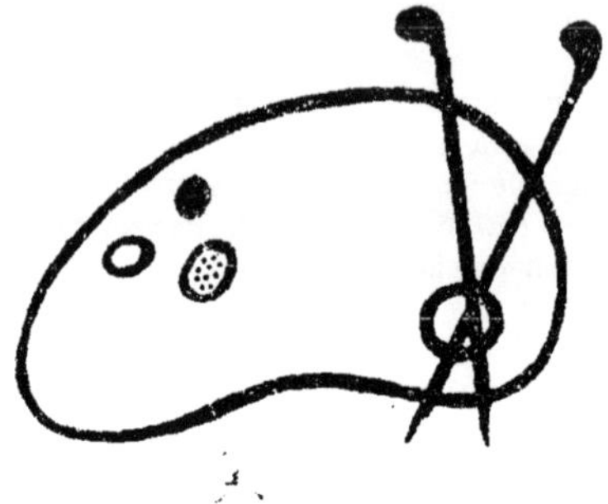